Nota para los padres y encargados:

Los libros de *Read-it!* Readers son para niños que se inician en el maravilloso camino de la lectura. Estos hermosos libros fomentan la adquisición de destrezas de lectura y el amor a los libros.

 El NIVEL MORADO presenta temas y objetos básicos con palabras de alta frecuencia y patrones de lenguaje sencillos.

 El NIVEL ROJO presenta temas conocidos con palabras comunes y oraciones de patrones repetitivos.

 El NIVEL AZUL presenta nuevas ideas con un vocabulario más amplio y una estructura gramatical más variada.

 El NIVEL AMARILLO presenta ideas más elevadas, un vocabulario extenso y una amplia variedad en la estructura de las oraciones.

 El NIVEL VERDE presenta ideas más complejas, un vocabulario más variado y estructuras del lenguaje más extensas.

 El NIVEL ANARANJADO presenta una amplia de ideas y conceptos con vocabulario más elevado y estructuras gramaticales complejas.

Al leerle un libro a su pequeño, hágalo con calma y pause a menudo para hablar acerca de las ilustraciones. Pídale que pase las páginas y que señale los dibujos y las palabras conocidas. No olvide volverle a leer los cuentos o las partes de los cuentos que más le gusten.

No hay una forma correcta o incorrecta de compartir un libro con los niños. Saque el tiempo para leer con su niña o niño y transmítale así el legado de la lectura.

Adria F. Klein, Ph.D.
Profesora emérita, California State University
San Bernardino, California

Editor: Jacqueline Wolfe
Designer: Joseph Anderson
Page Production: Tracy Kaehler
Creative Director: Keith Griffin
Editorial Director: Carol Jones
The illustrations in this book were created digitally.
Translation and page production: Spanish Educational Publishing, Ltd.
Spanish project management: Jennifer Gillis/Haw River Editorial

Picture Window Books
5115 Excelsior Boulevard
Suite 232
Minneapolis, MN 55416
877-845-8392
www.picturewindowbooks.com

Printed in the United States of America.

Library of Congress Cataloging-in-Publication Data
Jones, Christianne C.
[Clinks the robot. Spanish]
Robi el robot / por Christianne C. Jones ; ilustrado por Zachary Trover ; traducción,
Clara Lozano.
p. cm. — (Read-it! readers en español)
Summary: Zac and his favorite toy, Robi the robot, play together every day, but at night
the mechanical plaything has a life of its own.
ISBN-13: 978-1-4048-2698-4 (hardcover)
ISBN-10: 1-4048-2698-X (hardcover)
[1. Robots—Fiction. 2. Toys—Fiction. 3. Spanish language materials.] I. Trover,
Zachary, ill. II. Lozano, Clara. III. Title. IV. Series.

PZ73.J5645 2006
[E] —dc22   2006008323

Robi el Robot

por Christianne C. Jones
ilustrado por Zachary Trover
Traducción: Clara Lozano

Con agradecimientos especiales a nuestras asesoras:

Adria F. Klein, Ph.D.
Profesora emérita, California State University
San Bernardino, California

Susan Kesselring, M.A.
Alfabetizadora
Rosemount-Apple Valley-Eagan (Minnesota) School District

PICTURE WINDOW BOOKS
Minneapolis, Minnesota

A Zac le gusta su robot Robi.
Robi y Zac son muy buenos amigos.

Hacen todo juntos.

Se esconden en el clóset y asustan
a la hermana de Zac.

Se meten a la cocina y se comen las galletas.

Se quedan hasta tarde leyendo libros.

Zac y Robi siempre están juntos, menos cuando Zac duerme.

Cuando Zac duerme, Robi se va en busca de aventuras.

Robi se sube a su cohete rojo y blanco,
y vuela escaleras abajo.

Robi pasa volando sobre el perro y sale
por la ventana.

Robi dispara su rayo láser
a un insecto que da miedo.

Robi se esconde entre los rosales
y asusta a las ardillas.

16

Robi va al cajón de juguetes
a visitar a sus amigos.

JUGUETES

Pero aunque se divierte mucho, Robi siempre regresa al lado de Zac.

Robi tiene un amigo muy especial
que pronto se despertará.

Y todas las mañanas cuando Zac
se despierta, Robi lo está esperando.

Más *Read-it!* Readers

Con ilustraciones vívidas y cuentos divertidos da gusto practicar la lectura. Busca más libros a tu nivel.

| *Gato Chivato* | 1-4048-2662-9 |
| *La pata Flora* | 1-4048-2661-0 |

FICCIÓN

El mejor almuerzo	1-4048-2697-1
La princesa llorona	1-4048-2654-8
Ocho elefantes enormes	1-4048-2653-X
Los miedos de Mario	1-4048-2652-1
Mary y el hada	1-4048-2655-6
Megan se muda	1-4048-2703-X
¡Qué divertido!	1-4048-2651-3

CUENTOS DE HADAS

La Cenicienta	1-4048-2658-0
Los tres cabritos	1-4048-2657-2
Juan y los frijoles mágicos	1-4048-2656-4
Ricitos de Oro	1-4048-2659-9

¿Buscas un título o un nivel específico? La lista completa de *Read-it!* Readers está en nuestro Web site: *www.picturewindowbooks.com*